RUBÉN DARÍO

Verónica y otros cuentos fantásticos

Prólogo de
José Olivio Jiménez

Alianza Editorial

Diseño de cubierta: Ángel Uriarte
Ilustración de cubierta:
Zurbarán, *San Hugo en el refectorio de los cartujos*

Calle J. I. Luca de Tena, 15; 28027 Madrid; teléf. 393 88 88
ISBN: 84-206-4670-9
Depósito legal: M. 7.370-1995
Impreso por Impresos y Revistas, S. A.
Printed in Spain

Alianza Cien
pone al alcance de todos
las mejores obras de la literatura
y el pensamiento universales
en condiciones óptimas de calidad y precio
e incita al lector
al conocimiento más completo de un autor,
invitándole a aprovechar
los escasos momentos de ocio
creados por las nuevas formas de vida.

Alianza Cien
es un reto y una ambiciosa iniciativa cultural

TCF
IMPRESO EN PAPEL ECOLÓGICO
(EXENTO DE CLORO)

A los lectores

No fue sólo Rubén Darío (Nicaragua, 1867-1916) el genial poeta de nuestro modernismo hispánico. Bastaría revisar una de las más divulgadas colecciones de sus *Obras completas* para comprobar que cuatro, de los cinco volúmenes que la integran, los ocupa totalmente su trabajo en prosa: cuentos, crónicas, impresiones de viaje, textos autobiográficos, y hasta incursiones en la novela. Sin embargo, sus cuentos fantásticos no los recogió el autor en ninguno de sus libros publicados en vida; y sólo en fechas bastante tardías han ido siendo rescatados de las publicaciones periódicas (algunas de poca difusión) donde, a partir de 1893, vieron originalmente la luz. De aquí que constituyan una zona poco conocida de su producción total, aunque de gran interés tanto artísticamente como en términos de historia literaria.

¿Y por qué ese interés? En el año citado, Darío se establece en Buenos Aires y allí residirá hasta 1898. En esta ciudad encontró una fuerte inclinación hacia las ciencias ocultas y esotéricas (incluida la práctica del espiritismo), la parapsicología y los estudios metapsíquicos, por todo lo cual se sintió atraído por un tiempo con gran fervor. También halló, en la literatura argentina de la década anterior, los primeros brotes de una incipiente literatura fantástica que ya empezaban a cultivar algunos escritores de aquellos años. El clima cultural y literario de Buenos Aires le fue así propicio a Darío para que llegara a ser uno de los primeros modernistas en tener una *conciencia* de lo fantástico como *género*. Abría allí, de ese modo, una tradición que, en el Río de la Plata, se enriquecería con nombres mayores como los de Horacio Quiroga, Leopoldo Lugones, Jorge Luis Borges, Adolfo Bioy Casares, Julio Cortázar...

Al margen de disquisiciones teóricas sobre el deslinde entre el cuento rigurosamente «fantástico» y otras modalidades próximas (el cuento «raro» o «extraño», el relato «sobrenatural» o «maravilloso»), cabe aceptar la definición que, a propósito precisamente de los de Darío, nos propone el crítico Enrique Anderson-Imbert: «A un cuento podemos calificarlo de fantástico si comprobamos en su texto que la intención del cuentista ha sido valer, como única explicación de los hechos que cuenta, la que él ofrece porque así le da la gana. Esta explicación es arbitraria, antojadiza, independiente de las explicaciones racionales que valgan para hechos análogos que se dan fuera del cuento. Quien quiera estudiar los cuentos fantásticos de Darío debe comprender, pues, su intención.»

Y de igual modo han de proceder quienes quieran, no estudiarlos, sino sencillamente leerlos y disfrutarlos. Valga una ilustración sobre la lectura de «Thanatopia», uno de los cuentos de Darío que aquí se recogen (y también uno de los más «misteriosos»). El solitario e hipersensible joven que lo protagoniza descubre, al ver por primera vez a su madrastra, que su padre se ha casado con una mujer difunta. Fuera del texto, la ciencia dirá que el joven sufrió un ataque de locura; o ciertos creyentes aventurarán que el padre practicaba la magia negra, de tan antiguo abolengo. Dentro del cuento, el joven *vio* a una muerta: eso es todo.

Sin embargo, podría admitirse que para algún lector eso *no* sea todo, y se empeñe en «racionalizar» los entresijos de la trama. También esto resulta válido: es su derecho. Dentro del código secreto de la literatura fantástica, acaso ese lector caiga en pecado. Y en el pecado encontrará la penitencia... o tal vez sus mayores complacencias. Porque la duda, la turbación, es uno de los encantos mayores de las narraciones fantásticas.

J. O. J.

Thanatopia

—Mi padre fue el célebre doctor John Leen, miembro de la Real Sociedad de Investigaciones Psíquicas, de Londres, y muy conocido en el mundo científico por sus estudios sobre el hipnotismo y su célebre *Memoria sobre el Old*. Ha muerto no hace mucho tiempo. Dios lo tenga en gloria.

(James Leen vació en su estómago gran parte de su cerveza y continuó):

—Os habéis reído de mí y de lo que llamáis mis preocupaciones y ridiculeces. Os perdono, porque, francamente, no sospecháis ninguna de las cosas que no comprende nuestra filosofía en el cielo y en la tierra, como dice nuestro maravilloso William.

No sabéis que he sufrido mucho, que sufro mucho, aun las más amargas torturas, a causa de vuestras risas... Sí, os repito: no puedo dormir sin luz, no puedo soportar la soledad de una casa abandonada; tiemblo al ruido misterioso que en horas crepusculares brota de los boscajes en un camino; no me agrada ver revolar un mochuelo o un murciélago; no visito, en ninguna ciudad adonde llego, los cementerios; me martirizan las conversaciones sobre asuntos macabros, y cuando las tengo, mis ojos aguardan para cerrarse, al amor del sueño, que la luz aparezca.

Tengo el horror de la que ¡oh Dios! tendré que nombrar: de la muerte. Jamás me harían permanecer en una casa donde hubiese un cadáver, así fuese el de mi más amado amigo. Mirad: esa palabra es la más fatídica de las que existen en cualquier idioma: *cadáver*... Os habéis reído, os reís de mí: sea. Pero permitidme que os diga la verdad de mi secreto. Yo he llegado a la República Argentina, *prófugo, después de haber estado cinco años preso, secuestrado miserablemente por el doctor Leen, mi padre,* el cual, si era un gran sabio, sospecho que era un gran bandido. Por orden suya fui llevado a la casa de salud; por orden suya, pues, temía quizás que algún día me revelase lo que él pretendía tener oculto... Lo que vais a saber, porque ya me es imposible resistir el silencio por más tiempo.

Os advierto que no estoy borracho. No he sido loco. Él ordenó mi secuestro, porque... Poned atención.

(Delgado, rubio, nervioso, agitado por un frecuente estremecimiento, levantaba su busto James Leen, en la mesa de la cervecería en que, rodeado de amigos, nos decía esos conceptos. ¿Quién no le conoce en Buenos Aires? No es un excéntrico en su vida cotidiana. De cuando en cuando suele tener esos raros arranques. Como profesor, es uno de los más estimables en uno de nuestros principales colegios, y, como hombre de mundo, aunque un tanto silencioso, es uno de los mejores elementos jóvenes de los famosos *cinderellas dance.* Así prosiguió esa noche su extraña narración, que no nos atrevimos a calificar de *fumisterie,* dado el carácter de nuestro amigo. Dejamos al lector la apreciación de los hechos.)

—Desde muy joven perdí a mi madre, y fui enviado por orden paternal a un colegio de Oxford. Mi padre, que nunca se manifestó cariñoso para conmigo, me iba a visitar de Londres una vez al año al establecimiento de educación en donde yo crecía, solitario en mi espíritu, sin afectos, sin halagos.

Allí aprendí a ser triste. Físicamente era el retrato de mi madre, según me han dicho, *y supongo que por esto el doctor procuraba mirarme lo menos que podía.* No os diré más sobre esto. Son ideas que me vienen. Excusad la manera de mi narración.

Cuando he tocado ese tópico me he sentido conmovido por una reconocida fuerza. *Procurad comprenderme.* Digo, pues, que vivía yo solitario en mi espíritu, aprendiendo tristeza en aquel colegio de muros negros, que veo aún en mi imaginación en noches de luna... ¡Oh, cómo aprendí entonces a ser triste! Veo aún, por una ventana de mi cuarto, bañados de una pálida y maleficiosa luz lunar, los álamos, los cipreses... ¿por qué había cipreses en el colegio?..., y a lo largo del parque, viejos Términos carcomidos, leprosos de tiempo, en donde solían posar las lechuzas que criaba el abominable septuagenario y encorvado rector... *¿para qué criaba lechuzas el rector?...* Y oigo, en lo más silencioso de la noche, el vuelo de los animales nocturnos y los crujidos de las mesas y una media noche, os lo juro, una voz: «James». ¡Oh voz!

Al cumplir los veinte años se me anunció un día la visita de mi padre. *Alegréme, a pesar de que instintivamente sentía respulsión por él:* alegréme, porque necesitaba en aquellos momentos desahogarme con alguien, *aunque fuese con él.*

Llegó más amable que otras veces; y aunque no me miraba frente a frente, su voz sonaba grave, con cierta amabilidad para conmigo. Yo le manifesté que deseaba, por fin, volver a Londres, que había concluido mis estudios; que si permanecía más tiempo en aquella casa, me moriría de tristeza... Su voz resonó grave, con cierta amabilidad para conmigo:

—He pensado, cabalmente, James, llevarte hoy mismo. El rector me ha comunicado que no estás bien de salud, que padeces de insomnios, que comes poco. El exceso de estudios es malo, como todos los excesos. Además —quería decirte—, tengo otro motivo para llevarte a Londres. Mi edad necesitaba un apoyo y lo he buscado. Tienes una madrastra, a quien he de presentarte y que desea ardientemente conocerte. Hoy mismo vendrás, pues, conmigo.

¡Una madrastra! Y de pronto se me vino a la memoria mi dulce y blanca y rubia madrecita, que de niño me amó tanto, me mimó tanto, abandonada casi por mi padre, que se pasaba noches y días en su horrible laboratorio, mientras aquella pobre y delicada flor se consumía... ¡Una madrastra! Iría yo, pues, a soportar la tiranía de la nueva esposa del doctor Leen, quizá una espantable *bluestocking,* o una cruel sabionda, o una bruja... Perdonad las palabras. A veces no sé ciertamente lo que digo, o quizá lo sé demasiado...

No contesté una sola palabra a mi padre, y, conforme con su disposición, tomamos el tren que nos condujo a nuestra mansión de Londres.

Desde que llegamos, desde que penetré por la gran puerta antigua, a la que seguía una escalera oscura que daba al piso principal, me sorprendí desagradablemente: no había en casa uno solo de los antiguos sirvientes.

Cuatro o cinco viejos enclenques, con grandes libreas flojas y negras, se inclinaban a nuestro paso, con genuflexiones tardas, mudos. Penetramos al gran salón. Todo estaba cambiado: los muebles de antes estaban substituidos por otros de un gusto seco y frío. Tan solamente quedaba en el fondo del salón un gran retrato de mi madre, obra de Dante Gabriel Rossetti, cubierto de un largo velo de crespón.

Mi padre me condujo a mis habitaciones, que no quedaban lejos de su laboratorio. Me dio las buenas tardes. Por una inexplicable cortesía, preguntéle por mi madrastra. Me contestó despaciosamente, recalcando las sílabas con una voz entre cariñosa y temerosa que *entonces yo no comprendía:*

—La verás luego... Que la has de ver es seguro... James, mi hijito James, adiós. Te digo que la verás luego...

Ángeles del Señor, ¿por qué no me llevasteis con vosotros? Y tú, madre, madrecita mía, *my sweet Lily,* ¿por qué no me llevaste contigo en aquellos instantes? Hubiera preferido ser tragado por un abismo o pulverizado por una roca, o reducido a ceniza por la llama de un relámpago...

Fue esa misma noche, sí. Con una extraña fatiga de cuerpo y de espíritu, me había echado en el lecho, vestido con el mismo traje de viaje. Como en un ensueño, recuerdo haber oído acercarse a mi cuarto a uno de los viejos de la servidumbre, mascullando no sé qué palabras y mirándome vagamente con un par de ojillos estrábicos que me hacían el efecto de un mal sueño. Luego vi que prendió un candelabro con tres velas de cera. Cuando desperté a eso de las nueve, las velas ardían en la habitación.

Lavéme. Mudéme. Luego sentí pasos, apareció mi padre. Por primera vez, *¡por primera vez!,* vi sus ojos clavados en los míos. Unos indescriptibles ojos, os lo aseguro; unos ojos como no habéis visto jamás, ni veréis jamás:

unos ojos con una retina casi roja, como ojos de conejo; unos ojos que os harían temblar por la manera especial con que miraban.

—Vamos, hijo mío, te espera tu madrastra. Está allá, en el salón. Vamos.

Allá, en un sillón de alto respaldo, como una silla de coro, estaba sentada una mujer.

Ella...

Y mi padre:

—¡Acércate, mi pequeño James, acércate!

Me acerqué maquinalmente. La mujer me tendía la mano... Oí entonces, como si viniese del gran retrato, del gran retrato envuelto en crespón, aquella voz del colegio de Oxford, pero muy triste, mucho más triste: «¡James!»

Tendí la mano. El contacto de aquella mano me heló, me horrorizó. Sentí hielo en mis huesos. Aquella mano rígida, fría, fría... Y la mujer no me miraba. Balbuceé un saludo, un cumplimiento.

Y mi padre:

—Esposa mía, aquí tienes a tu hijastro, a nuestro muy amado James. Mírale, aquí le tienes; ya es tu hijo también.

Y mi madrastra me miró. Mis mandíbulas se afianzaron una contra otra. Me poseyó el espanto: *aquellos ojos no tenían brillo alguno*. Una idea comenzó, enloquecedora, horrible, horrible, a aparecer clara en mi cerebro. De pronto, un olor, olor... *ese olor,* ¡madre mía! ¡Dios mío! Ese olor... no os lo quiero decir... porque ya lo sabéis, y os protesto: lo discuto aún; me eriza los cabellos.

Y luego brotó de aquellos labios blancos, de aquella mujer pálida, pálida, pálida, una voz, *una voz como si saliese de un cántaro gemebundo o de un subterráneo:*

—James, nuestro querido James, hijito mío, acércate;

quiero darte un beso en la frente, otro beso en los ojos, otro beso en la boca...

No pude más. Grité:

—¡Madre, socorro! ¡Ángeles de Dios, socorro! ¡Potestades celestes, todas, socorro! ¡Quiero partir de aquí pronto, pronto; que me saquen de aquí!

Oí la voz de mi padre:

—¡Cálmate, James! ¡Cálmate, hijo mío! Silencio, hijo mío.

—No —grité más alto, ya en lucha con los viejos de la servidumbre—. Yo saldré de aquí y diré a todo el mundo que el doctor Leen es un cruel asesino; que su mujer es un vampiro; ¡que está casado mi padre con una muerta!

La pesadilla de Honorio

¿Dónde? A lo lejos, la perspectiva abrumadora y monumental de extrañas arquitecturas, órdenes visionarios, estilos de un orientalismo portentoso y desmesurado. A sus pies un suelo lívido; no lejos, una vegetación de árboles flacos, desolados, tendiendo hacia un cielo implacable, silencioso y raro, sus ramas suplicantes, en la vaga expresión de un mudo lamento. En aquella soledad Honorio siente la posesión de una fría pavura...

¿Cuándo? Es en una hora inmemorial, grano escapado quizás del reloj del tiempo. La luz que alumbra no es la del sol; es como la enfermiza y fosforescente claridad de espectrales astros. Honorio sufre el influjo de un momento fatal, y *sabe* que en esa hora incomprensible todo está envuelto en la dolorosa bruma de una universal angustia. Al levantar sus ojos a la altura un estremecimiento recorre el cordaje de sus nervios: han surgido del hondo cielo constelaciones misteriosas que forman enigmáticos signos anunciadores de próximas e irremediables catástrofes... Honorio deja escapar de sus labios, oprimido y aterrorizado, un lamentable gemido: ¡Ay!...

Y como si su voz tuviese el poder de una fuerza demiúrgica, aquella inmensa ciudad llena de torres y rotondas, de arcos y espirales, se desplomó sin ruido ni fracaso, cual se rompe un fino hilo de araña.

¿Cómo y por qué apareció en la memoria de Honorio esta frase de un soñador: *la tiranía del rostro humano*?[1]. Él la escuchó dentro de su cerebro, y cual si fuese la víctima propiciatoria ofrecida a una cruel deidad, comprendió que se acercaba el instante del martirio, del horrible martirio que le sería aplicado... ¡Oh sufrimiento inexplicable del condenado solitario! Sus miembros se petrificaron, amarrados con ligaduras de pavor; sus cabellos se erizaron como los de Job cuando pasó cerca de él un espíritu; su lengua se pegó al paladar, helada e inmóvil; y sus ojos abiertos y fijos empezaron a contemplar el anonadador desfile. Ante él había surgido la infinita legión de las Fisonomías y el ejército innumerable de los Gestos.

Primero fueron los rostros enormes que suelen ver los nerviosos al comenzar el sueño, rostros de gigantes joviales, amenazadores, pensativos o enternecidos.

Después...

Poco a poco fue reconociendo en su penosa visión estas o aquellas líneas, perfiles y facciones: un bajá de calva frente y los ojos amodorrados; una faz de rey asirio, con la barba en trenzas; un Vitelio con la papada gorda, y un negro, negro, muerto de risa. Una máscara blanca se multiplicaba en todas las expresiones: Pierrot. Pierrot indiferente, Pierrot amoroso, Pierrot abobado, Pierrot te-

---

[1] Esta frase, destacada en cursivas por el propio Darío, procede de un pasaje de *Confessions of an English Opium Eater* (1821) [*Confesiones de un inglés comedor de opio,* Alianza Ed.], del escritor británico Thomas de Quincey (1785-1859): «That affection which I have called the tyranny of the human face».

rrible, Picrrot desmayándose de hilaridad; doloroso, pícaro, inocente, vanidoso, cruel, dulce, criminal: Pierrot mostraba el poema de su alma en arrugas, muecas, guiños y retorcimientos faciales. Tras él los tipos de todas las farsas y las encarnaciones simbólicas. Así erigían enormes chisteras grises, cien congestionados johmbulles y atroces tiosamueles, tras los cuales Punch encendía la malicia de sus miradas sobre su curva nariz. Cerca de un mandarín amarillo de ojos circunflejos, y bigotes ojivales, un inflado fraile, cuya cara cucurbitácea tenía incrustadas dos judías negras por pupilas; largas narices francesas, potentes mandíbulas alemanas, bigotazos de Italia, ceños españoles; rostros exóticos: el del negro rey Baltasar, el del malayo de Quincey[2], el de un persa, el de un gaucho, el de un torero, el de un inquisidor... «Oh, Dios mío...» —suplicó Honorio—. Entonces oyó distintamente una voz que le decía: «¡Aún no, sigue hasta el fin!». Y apareció la muchedumbre hormigueante de la vida banal de las ciudades, las caras que representan todos los estados, apetitos, expresiones, instintos, del ser llamado Hombre; la ancha calva del sabio de los espejuelos, la nariz ornada de rabiosa pedrería alcohólica que luce en la faz del banquero obeso; las bocas torpes y gruesas; las quijadas salientes y los pómulos de la bestialidad; las faces lívidas, el aspecto del rentista cacoquimio; la mirada del tísico, la risa dignamente estúpida del imbécil de salón, la expresión suplicante del mendigo; estas tres espe-

---

[2] En el mismo libro citado en la nota anterior, De Quincey narra pintorescamente la inesperada visita de un malayo, de extraña y terrible apariencia. Después añade que «ese malayo se afincó fuertemente en mi fantasía, y a través de ella en mis sueños, arrastrando consigo a otros malayos (...) y me sumían en un mundo de turbaciones nocturnas».

cialidades: el tribuno, el martillero y el charlatán, en las distintas partes de sus distintas arengas; «¡Socorro!» exclamó Honorio.

Y fue entonces la irrupción de las Máscaras, mientras en el cielo se desvanecía un suave color de oro oriental. ¡La legión de las Máscaras! Se presentó primero una máscara de actor griego, horrorizada y trágica, tal como la faz de Orestes delante de las Euménides implacables; y otra riente, como una gárgola surtidora de chistes. Luego, por un fenómeno mnemónico, Honorio pensó en el teatro japonés, y ante su vista floreció un diluvio de máscaras niponas: la risueña y desdentada del tesoro de Idzoukoushima, una de Demé Jioman, cuyas mejillas recogidas, frente labrada por triple arruga vermicular y extendidas narices, le daban un aspecto de suprema jovialidad bestial; caras de Noriaki, de una fealdad agresiva; muecas de Quiasimodos asiáticos, y radiantes máscaras de dioses, todas de oro. De China Lao-tse, con su inmenso cráneo. Pou-tai, el sensual con su risa de idiota; de Konei-Sing, dios de la literatura, la máscara mefistofélica; y con sus cascos, perillas y bigotes escasos, desfilan las de mandarines y guerreros. Por último vio Honorio como un incendio de carmines y bermellones, y revoló ante sus miradas el enjambre carnavalesco. Todos los ojos: almendrados, redondos, triangulares, casi amorfos; todas las narices: chatas, roxelanas, borbónicas, erectas, cónicas, fálicas, innobles, cavernosas, conventuales, marciales, insignes; todas las bocas: arqueadas, en media luna, en ojiva, hechas con sacabocado, de labios carnosos, místicas, sensuales, golosas, abyectas, caninas, batracias, hípicas, asnales, porcunas, delicadas, desbordadas, desbridadas, retorcidas...; todas las pasiones, la gula, la envidia, la lujuria,

los siete pecados capitales multiplicados por setenta veces siete...

Y Honorio no pudo más: sintió un súbito desmayo, y
quedó en una dulce penumbra de ensueño, en tanto que
llegaban a sus oídos los acordes de una alegre comparsa
de Carnestolendas...

El caso de la señorita Amelia

Que el doctor Z es ilustre, elocuente, conquistador; que
su voz es profunda y vibrante al mismo tiempo, y su ges-
to avasallador y misterioso, sobre todo después de la pu-
blicación de su obra sobre *La plástica de ensueño,* quizás
podríais negármelo o aceptármelo con restricción; pero
que su calva es única, insigne, hermosa, solemne, lírica si
gustáis, ¡oh, eso nunca, estoy seguro! ¿Cómo negaríais la
luz del sol, el aroma de las rosas y las propiedades narcó-
ticas de ciertos versos? Pues bien; esta noche pasada,
poco después de que saludamos el toque de las doce con
una salva de doce taponazos del más legítimo Roederer,
en el precioso comedor rococó de ese sibarita de judío
que se llama Lowensteinger, la calva del doctor alzaba,
aureolada de orgullo, su bruñido orbe de marfil, sobre el
cual, por un capricho de la luz, se veían sobre el cristal de
un espejo las llamas de dos bujías que formaban, no sé
cómo, algo así como los cuernos luminosos de Moisés. El
doctor enderezaba hacia mí sus grandes gestos y sus sa-
bias palabras. Yo había soltado de mis labios, casi siempre silenciosos, una frase banal cualquiera. Por ejemplo,
ésta:

—¡Oh, si el tiempo pudiera detenerse!

La mirada que el doctor me dirigió y la clase de sonrisa que decoró su boca después de oír mi exclamación, confieso que hubiera turbado a cualquiera.

—Caballero —me dijo saboreando el champaña—; si yo no estuviese completamente desilusionado de la juventud; si no supiese que todos los que hoy empezáis a vivir estáis ya muertos, es decir, muertos del alma, sin fe, sino entusiasmo, sin ideales, canosos por dentro; que no sois si no máscaras de vida, nada más... sí, si no supiese eso, si viese en vos algo más que un hombre de fin de siglo, os diría que esa frase que acabáis de pronunciar: «¡Oh, si el tiempo pudiera detenerse!», tiene en mí la respuesta más satisfactoria.

—¡Doctor!

—Sí, os repito que vuestro escepticismo me impide hablar, como hubiera hecho en otra ocasión.

—Creo —contesté con foz firme y serena— en Dios y su Iglesia. Creo en los milagros. Creo en lo sobrenatural.

—En ese caso, voy a contaros algo que os hará sonreír. Mi narración espero que os hará pensar.

En el comedor habíamos quedado cuatro convidados, a más de Minna, la hija del dueño de casa; el periodista Riquet, el abate Pureau, recién enviado por Hirch, el doctor y yo. A lo lejos oíamos en la alegría de los salones de palabrería usual de la hora primera del año nuevo: *Happy new year! Happy new year!* ¡Feliz año nuevo!

El doctor continuó:

—¿Quién es el sabio que se atreve a decir *esto es así*? Nada se sabe. *Ignoramus et ignorabimus*. ¿Quién conoce a punto fijo la noción del tiempo? ¿Quién sabe con seguridad lo que es el espacio? Va la ciencia a tanteo, caminando como una ciega, y juzga a veces que ha vencido cuando logra advertir un vago reflejo de la luz verdadera. Nadie ha podido desprender de su círculo uniforme la culebra simbólica. Desde el tres veces más grande, el Hermes, hasta nuestros días, la mano humana ha podido apenas alzar una línea del manto que cubre a la eterna Isis. Nada ha logrado saberse con absoluta seguridad en las tres grandes expresiones de la Naturaleza: hechos, leyes, principios. Yo que he intentado profundizar en el inmenso campo del misterio, he perdido casi todas mis ilusiones.

Yo que he sido llamado sabio en Academias ilustres y libros voluminosos; yo que he consagrado toda mi vida al estudio de la humanidad, sus orígenes y sus fines; yo que he penetrado en la cábala, en el ocultismo y en la teosofía, que he pasado del plano material del *sabio* al plano astral del *mágico* y al plano espiritual del *mago,* que sé cómo obraba Apolonio el Thianense y Paracelso, y que he ayudado en su laboratorio, en nuestros días, al inglés Crookes; yo que ahondé en el Karma búdhico y en el misticismo cristiano, y sé al mismo tiempo la ciencia desconocida de los fakires y la teología de los sacerdotes romanos, yo os digo que *no hemos visto los sabios ni un solo rayo de la luz suprema,* y que la inmensidad y la eternidad del *misterio* forman la única y pavorosa verdad.

Y dirigiéndose a mí:

—¿Sabéis cuáles son los principios del hombre? Grupa, jiba, linga, sharira, kama, rupa, manas, buddhi, atma, es decir: el cuerpo, la fuerza vital, el cuerpo astral, el alma animal, el alma humana, la fuerza espiritual y la esencia espiritual...

Viendo a Minna poner una cara un tanto desolada, me atreví a interrumpir al doctor:

—Me parece ibais a demostrarnos que el tiempo...

—Y bien —dijo—, puesto que no os complacen las disertaciones por prólogo, vamos al cuento que debo contaros, y es el siguiente:

Hace veintitrés años, conocí en Buenos Aires a la familia Revall, cuyo fundador, un excelente caballero francés, ejerció un cargo consular en tiempo de Rosas. Nuestras casas eran vecinas, era yo joven y entusiasta, y las tres señoritas Revall hubieran podido hacer competencia a las tres Gracias. De más está decir que muy pocas chispas fueron necesarias para encender una hoguera de amor...

Amooor, pronunciaba el sabio obeso, con el pulgar de la diestra metido en la bolsa del chaleco, y tamborileando sobre su potente abdomen con los dedos ágiles y regordetes, y continuó:

—Puedo confesar francamente que no tenía predilección por ninguna, y que Luz, Josefina y Amelia ocupaban en mi corazón el mismo lugar. El mismo, tal vez no; pues los dulces al par que ardientes ojos de Amelia, su alegre y roja risa, su picardía infantil... diré que era ella mi preferida. Era la menor; tenía doce años apenas, y yo ya había pasado de los treinta. Por tal motivo, y por ser la chicuela de carácter travieso y jovial, tratábala yo como niña que era, y entre las otras dos repartía mis miradas incendiarias, mis suspiros, mis apretones de manos y hasta mis serias promesas de matrimonio, en una, os lo confieso, atroz y culpable bigamia de pasión. ¡Pero la chiquilla Amelia!... Sucedía que, cuando yo llegaba a la casa, era ella quien primero corría a recibirme, llena de sonrisas y zalamerías: «¿Y mis bombones?». He aquí la pregunta sacramental. Yo me sentaba regocijado, después de mis correctos saludos, y colmaba las manos de la niña de ricos caramelos de rosas y de deliciosas grajeas de chocolate, las cuales, ella, a plena boca, saboreaba con una sonora música palatinal, lingual y dental. El porqué de mi apego a aquella muchachita de vestido a media pierna y de ojos lindos, no os lo podré explicar; pero es el caso que, cuando por causa de mis estudios tuve que dejar Buenos Aires, fingí alguna emoción al despedirme de Luz, que me miraba con anchos ojos doloridos y sentimentales; di un falso apretón de manos a Josefina, que tenía entre los dientes, por no llorar, un pañuelo de batista, y en la frente de Amelia incrusté un beso, el más puro y el más encendido, el más casto y el más puro y el más encendido, el más casto y el más ardiente ¡qué sé yo! de todos los que he dado en mi vida. Y salí en barco para Calcuta, ni más ni menos que como vuestro querido y admirado general Mansilla cuando fue a Oriente, lleno de juventud y de sonoras y flamantes esterlinas de oro. Iba yo, sediento ya de las ciencias ocultas, a estudiar entre los mahatmas de la India lo que la pobre ciencia occidental no puede enseñarnos todavía. La amistad epistolar que mantenía con madama Blavatsky, habíame abierto ancho campo en el país de los fakires, y más de un gurú, que conocía mi sed de saber, se encontraba dispuesto a conducirme por buen camino a la fuente sagrada de la verdad, y si es cierto que mis labios creyeron saciarse en sus frescas aguas diamantinas, mi sed no se pudo aplacar. Busqué, busqué con tesón lo que mis ojos ansiaban contemplar, el Keherpas de Zoroastro, el Kalep persa, el Kovei-Khan de la filosofía india, el archoeno de Paracelso, el limbuz de Swedenborg; oí la palabra de los monjes budhistas en medio de las florestas del Thibet; estudié los diez sephiroth de la Kabala, desde el que simboliza el espacio sin límites hasta el que, llamado Malkuth, encierra el principio de la vida. Estudié el espíritu, el aire, el agua, el fuego, la altura, la profundidad, el Oriente, el Occidente, el Norte y el Mediodía; y llegué casi a comprender y aun a conocer íntimamente a Satán, Lucifer, Astharot, Beelzebutt, Asmodeo, Belphegor, Mabema, Lilith, Adrameleh y Baal. En mis ansias de comprensión; en mi insaciable deseo de sabiduría; cuando juzgaba haber llegado al logro de mis ambiciones, encontraba los signos de mi debilidad y las manifestaciones de mi pobreza, y estas ideas, Dios, el espacio, el tiempo, formaban la más impenetrable bruma delante de mis pupilas... Viajé por Asia, África, Europa y América. Ayudé al coronel Olcott a fundar la rama teosófica de Nueva York. Y a todo esto —recalcó de súbito al doctor, mirando fijamente a la rubia Minna— ¿sabéis lo que es la ciencia y la inmortalidad de todo? ¡Un par de ojos azules... o negros!

—¿Y el fin del cuento? —gimió dulcemente la señorita.

—Juro, señores, que lo que estoy refiriendo es de un absoluta verdad. ¿El fin del cuento? Hace apenas una semana he vuelto a la Argentina, después de veintitrés años de ausencia. He vuelto gordo, bastante gordo, y calvo como una rodilla; pero en mi corazón he mantenido ardiente el fuego del amor, la vestal de los solterones. Y, por tanto, lo primero que hice fue indagar el paradero de la familia Revall. «¡Las Revall —dijeron—, las del caso de Amelia Revall», y estas palabras acompañadas con una especial sonrisa. Llegué a sospechar que la pobre Amelia, la pobre chiquilla... Y buscando, buscando, di con la casa. Al entrar, fui recibido por un criado negro y viejo, que llevó mi tarjeta, y me hizo pasar a una sala donde todo tenía un vago tinte de tristeza. En las paredes, los espejos estaban cubiertos con velos de luto, y dos grandes retratos, en los cuales reconocía a las dos hermanas mayores, se miraban melancólicos y oscuros sobre el piano. A poco, Luz y Josefina:

—¡Oh amigo mío, oh amigo mío!

Nada más. Luego, una conversación llena de reticencias y de timideces, de palabras entrecortadas y de sonrisas de inteligencia tristes, muy tristes. Por todo lo que logré entender, vine a quedar en que ambas no se habían casado. En cuanto a Amelia, no me atreví a preguntar nada... Quizá mi pregunta llegaría a aquellos pobres seres, como una amarga ironía, a recordar tal vez una irremediable desgracia y una deshonra... en esto vi llegar saltando a una niña, cuyo cuerpo y rostro eran iguales en todo a los de mi pobre Amelia. Se dirigió a mí, y con su misma voz exclamó:

—¿Y mis bombones?

Yo no hallé qué decir.

Las dos hermanas se miraban pálidas, pálidas y movían la cabeza desoladamente...

Mascullando una despedida y haciendo una zurda genuflexión, salí a la calle, como perseguido por algún soplo extraño. Luego lo he sabido todo. La niña que yo creía fruto de un amor culpable es Amelia, la misma que yo dejé hace veintitrés años, la cual se ha quedado en la infancia, ha contenido su carrera vital. Se ha detenido para ella el reloj del Tiempo, en una hora señalada ¡quién sabe con qué designio del desconocido Dios!

El doctor Z era en este momento todo calvo...

Verónica

Fray Tomás de la Pasión era un espíritu perturbado por el demonio de la ciencia. Flaco, anguloso, nervioso, pálido, dividía sus horas del convento entre la oración, la disciplina y el laboratorio. Había estudiado las ciencias ocultas antiguas, nombraba con cierto énfasis, en las conversaciones del refectorio, a Paracelso y a Alberto el Grande, y admiraba a ese otro fraile Schwartz, que nos hizo el favor de mezclar el salitre con el azufre.

Por la ciencia había llegado hasta penetrar en ciertas iniciaciones astrológicas y quirománticas; ella le desviaba de la contemplación y del espíritu de la Escritura; en su alma estaba el mal de la curiosidad, la oración misma era olvidada con frecuencia, cuando algún experimento le mantenía caviloso y febril; llegó hasta pretender probar sus facultades de zahorí, y los efectos de la magia blanca. No había duda de que estaba en gran peligro su alma, a causa de su sed de saber y de su olvido de que la ciencia constituye sencillamente, en el principio, el arma de la Serpiente; en el fin, la esencial potencia del Anticristo.

¡Oh, ignorancia feliz, santa ignorancia! Fray Tomás de la Pasión no comprendía tu celeste virtud, que pone un especial nimbo a ciertos mínimos siervos de Dios, entre los esplendores místicos y milagrosos de las hagiografías. Los doctores explican y comentan altamente, cómo ante los ojos del Espíritu Santo, las almas de amor son de modo mayor glorificadas que las almas de entendimiento. Hello ha pintado, en los sublimes *vitraux* de sus *Fisonomías de santos,* a esos beneméritos de la Caridad, a esos favorecidos de la humildad, a esos seres columbinos, sencillos y blancos como los lirios, limpios de corazón, pobres de espíritu, bienaventurados hermanos de los pajaritos del Señor, mirados con ojos cariñosos y sororales por las puras estrellas del firmamento. Huysmans en el maravilloso libro en que Durtal se convierte, viste de resplandores paradisíacos al lego guardapuercos que hace bajar a la pocilga la admiración de los coros arcangélicos, el aplauso de las potestades de los cielos. Y fray Tomás de la Pasión no comprendía eso. Él creía, creía, con la fe de un verdadero creyente. Mas la curiosidad le azuzaba el espíritu, le lanzaba a la averiguación de los secretos de la naturaleza y de la vida. A tal punto, que no comprendía cómo esa sed de saber, ese deseo indominable de penetrar en lo velado y en lo arcano del universo, era obra del pecado, y añagaza del Bajísimo para impedirle de esa manera su consagración absoluta a la adoración del Eterno Padre.

Llegó a manos de fray Tomás un periódico en que se hablaba detalladamente del descubrimiento del alemán doctor Roentgen, quien había encontrado la manera de fotografiar a través de los cuerpos opacos; supo lo que era el tubo Crookes, la luz catódica, el rayo X. Vio el facsímile de una mano cuya anatomía se transparentaba claramente, y la figura patente de objetos retratados entre cajas bien cerradas.

No pudo desde ese instante estar tranquilo. ¿Cómo podría él encontrar un aparato como los aparatos de aquellos sabios? ¿Cómo podría realizar en su convento las mil cosas que se amontonaban en su enferma imaginación?

En las horas de los rezos y de los cantos, notábanle todos los otros miembros de la comunidad, ya meditabundo, ya agitado como por súbitos sobresaltos, ya con la faz encendida por repentina llama de sangre, ya con los ojos como extáticos, fijos en el cielo o clavados en la tierra. Y era la obra del pecado que se afianzaba en el fondo de aquel combatido pecho: el pecado bíblico de la curiosidad, el pecado de Adán junto al árbol de la ciencia del bien y del mal.

Múltiples ideas se agolpaban a la mente del religioso, que no encontraba la manera de adquirir los preciosos aparatos. ¡Cuánto de su vida no daría él por ver los peregrinos instrumentos de los sabios nuevos, en su pobre laboratorio de fraile aficionado, y sacar las anheladas pruebas, hacer los maravillosos ensayos que abrían una nueva era a la sabiduría humana! Si así se caminaba, no sería imposible llegar a encontrar la clave del misterio de la vida... Si se fotografiaba ya lo interior de nuestro cuerpo, bien podía pronto el hombre llegar a descubrir visiblemente la naturaleza y origen del alma; y, aplicando la ciencia a las cosas divinas, ¿por qué no? aprisionar en las visiones de los éxtasis, y en las manifestaciones de los espíritus celestiales, sus formas exactas y verdaderas... ¡Si en Lourdes hubiese habido una instantánea, durante el tiempo de las visiones de Bernadette! Si en los momentos en que Jesús o su Madre Santa favorecen con su presencia corporal a señalados fieles, se aplicase la cámara obscura... ¡oh, cómo se convencerían entonces los impíos! ¡cómo triunfaría la religión!...

Así cavilaba, así se estrujaba los sesos el pobre fraile, tentado por uno de los más escarnizados príncipes de las tinieblas.

Y sucedió que en uno de esos momentos, en uno de los instantes en que su deseo era más vivo, en hora en que debía estar entregado a la disciplina y a la oración en la celda, se presentó a su vista uno de los hermanos de la comunidad, llevándole un envoltorio bajo el hábito.

—Hermano —le dijo—, os he oído decir que deseabais una máquina como esas con que los sabios están maravillando el mundo. Os la he podido conseguir. Aquí la tenéis.

Y depositando el envoltorio en manos del asombrado Tomás, desapareció, sin que éste tuviese tiempo de advertir que bajo el hábito se habían mostrado, en el momento de la desaparición, dos patas de chivo. Fray Tomás, desde el día del misterioso regalo, consagróse a sus experimentos. Faltaba a maitines, no asistía a la misa, excusándose como enfermo. El padre provincial solía amonestarle; y todos le veían pasar, extraño y misterioso, y temían por la salud de su cuerpo y de su alma.

Y él ¿qué hacía?

Fotografió una mano suya, frutas, estampas dentro de libros, otras cosas más.

Y una noche, el desgraciado, se atrevió *por fin a* realizar *su pensamiento*...

Dirigióse al templo, receloso, a pasos callados. Penetró en la nave principal, y se dirigió al altar en que, a la luz de una triste lámpara de aceite, se hallaba expuesto el Santísimo Sacramento. Abrió el tabernáculo. Sacó el copón. Tomó una sagrada forma. Salió huyendo de su celda.

Al día siguiente, en la celda de fray Tomás de la Pasión, se hallaba el señor arzobispo delante del padre provincial.

—Ilustrísimo señor —decía éste—, a fray Tomás le hemos encontrado muerto. No andaba muy bien de la cabeza. Esos sus estudios y aparatos creo que le hicieron daño.

—¿Ha visto su reverencia esto? —dijo su señoría ilustrísima, mostrándole una placa fotográfica que recogió del suelo, y en la cual se hallaba, con los brazos desclavados y una terrible mirada en los divinos ojos, la imagen de Nuestro Señor Jesucristo.

El Salomón negro

Entonces —cuando Salomón va a reposar en el último sueño y mientras duermen, en un salón de cristal, fatigados grupos de satanes—, una tarde quédase desconcertado: surge ante su vista, como una estatua de hierro, una figura extraordinaria, genio o príncipe de la sombra. ¿Qué genio, qué príncipe tenebroso para él desconocido? La fuerza de su anillo ante la aparición, quedaba inútil. Pregunta:

—¿Tu nombre?

—Salomón.

Mayor sorpresa del Sabio. Fíjase luego en la rara belleza de su rostro, de un talante, de una mirada iguales a los suyos. Diríase su propia persona labrada con un inaudito azabache.

—Sí —dijo el maravilloso Salomón negro—. Soy tu igual, sólo que soy todo lo opuesto a ti. Eres el dueño del anverso del disco de la tierra; pero yo poseo el reverso. Tú amas la verdad; yo reino en la mentira, única que existe. Eres hermoso como el día, y bello como la noche. Mi sombra es blanca. Tú comprendes el sentido de las cosas por el lado iluminado por el sol; yo por lo oculto. Tú lees en la luna visible, yo en la escondida. Tus *djinns* son monstruosos; los míos resplandecen entre los prototipos de la belleza. Tú tienes en tu anillo cuatro piedras que te han dado los ángeles; los demonios colocaron en el mío una gota de agua, una gota de sangre, una gota de vino y una gota de leche. Tú crees haber comprendido el idioma de los animales; yo sé que solamente has comprendido los sonidos, no lo arcano del idioma.

Mudo Salomón, hasta entonces, exclamó:

—¡Por Dios Grande! Maléfico espíritu que a él y a su mejor hechura te atreves, ¿cómo osas asegurar tales cosas? Los hombres pueden contaminarse de error; pero los animales del Señor viven en la pureza. ¿Cómo su pensar inocente pudo haberme engañado?

Y el Salomón negro:

—Evoca —dijo— al ángel de forma de ballena que te dio la piedra en que está escrito: *Que todas las criaturas alaben al Señor*.

Salomón puso el anillo sobre su cabeza y el ángel deforme apareció.

—¿Cuál es tu nombre cierto? —preguntó el Salomón negro.

El ángel respondió:

—Tal vez.

Y se deshizo. Salomón llamó a todos los animales y dijo el pavo real:

—¿Qué me expresaste tú?

Y el *pavo real:*

—Como juzgues serás juzgado.

Así preguntó a otras bestias. Y contestaron:

El ruiseñor.—La moderación es el mayor de los bienes.

La tórtola.—Mejor sería para muchos seres que no hubiesen visto el día.

El halcón.—El que no tenga piedad de los demás, no encontrará ninguna para sí.

El ave syrdar.—Pecadores: convertíos a Dios.

La golondrina.—Haced el bien, y seréis recompensados.

El pelícano.—Alabado sea Dios en el cielo y en la tierra.

La paloma.—Todo pasa; Dios sólo es eterno.

El pájaro kata.—Quien calla está más seguro de acertar.

El águila.—Por larga que sea nuestra vida, llega siempre a su fin.

El cuervo.—Lejos de los hombres se está mejor.

El gallo.—Pensad en Dios, hombres ligeros.

—¡Pues bien! —exclama el Salomón negro—. Tú, pavo real, mientes. Entre los humanos, es el juicio malo el único que prevalece. Y entre los animales, como entre los hombres, la confianza pone en la boca de los lobos a los corderos. Tú, ruiseñor, mientes. Nada triunfa sino el ejercicio de la fuerza. La moderación se llama mediocridad o cobardía. Los leones, las grandes cataratas, las tempestades, no son moderados. Tú, tórtola, mientes, como no hables en tu sentencia de los débiles. La debilidad es el único crimen, junto con la pobreza, sobre la faz de la tierra. Tú, halcón, mientes siete veces. La piedad puede ser la imprudencia. ¡Ay de los piadosos! El odio es salvador y potente. Aplastad a los pequeños; rematad a los heridos; no deis pan a los hambrientos; inutilizad por completo a los cojos. Así se llega a la perfección del mundo. Tú, syrdar, mientes. Eres el pájaro de la hipocresía. Por lo demás, Dios se llama X; se llama Cero. Tú, golondrina, mientes. Eres la querida del halcón. Tú, pelícano, mientes. Eres hermano del syrdar. Y tú, paloma, mientes. Eres la barragana de ambos. Tú, kata, mientes. Quien ruge o truena, no debe callar; la razón siempre está con él. Águila, cuervo y gallo; he de encerraros en la jaula de la insensatez. Ello es tan cierto como que Salomón en su gloria nada puede contra mí, y que el ojo del gallo no penetra la superficie de la tierra para encontrar los manantiales.

Desaparecieron las bestias. Los satanes, despiertos, atisbaban a través de los cristales. Salomón, con una vaga angustia, contemplaba su propia imagen oscurecida en aquel que había hablado y a quien no podía dominar con sus ensalmos. Y el Negro iba a partir, cuando volvió a preguntarle:

—¿Cómo has dicho que te llamas?

—*Salomón* —contestó sonriendo—. Pero también tengo otro nombre.

—¿Cuál?

—Federico Nietzsche.

Quedó el sabio desolado, y preparóse para ascender, con el ángel de las alas infinitas, a contemplar la verdad del Señor.

El pájaro Simorg llegó en rápido vuelo:

—Salomón, Salomón: has sido tentado. Consuélate; regocíjate. ¡Tu esperanza está en David!

Y el alma de Salomón se fundió en Dios.

D. Q.

Estábamos de guarnición cerca de Santiago de Cuba.
Había llovido esa noche; no obstante el calor era excesi-
vo. Aguardábamos la llegada de una compañía de la nueva fuerza venida de España, para abandonar aquel para-
je en que nos moríamos de hambre, sin luchas, llenos de
desesperación y de ira. La compañía debía llegar esa misma noche según el aviso recibido.

Como el calor arreciase, y el sueño no quisiese darme
reposo, salí a respirar fuera de la carpa. Pasada la lluvia,
el cielo se había despejado un tanto y en el fondo oscuro
brillaban algunas estrellas. Di suelta a la nube de tristes
ideas que se aglomeraban en mi cerebro. Pensé en tantas
cosas amadas que estaban allá lejos; en la perra suerte
que nos perseguía; en que quizá Dios podría dar un nuevo rumbo a su látigo y nosotros entrar en una nueva vía,
en una rápida revancha. En tantas cosas pensaba...
¿Cuánto tiempo pasó? Las estrellas sé que poco a poco
fueron palideciendo; un aire que refrescó el campo todo
sopló del lado de la aurora, y ésta inició su aparecimien-
to, entre tanto que una diana que no sé por qué llegaba a
mis oídos como llena de tristeza, regó sus notas matina-
les.

Poco tiempo después se anunció que la compañía se

acercaba. En efecto, no tardó en llegar a nosotros, y los saludos de nuestros camaradas y los nuestros se mezclaron en el nuevo sol.

Momentos después hablábamos con los compañeros. Nos traían noticias de la patria. Sabían los estragos de las últimas batallas. Como nosotros estaban desolados, pero con el deseo quemante de luchar, de agitarse en una furia de venganza, de hacer todo el daño posible al enemigo. Todos eran jóvenes y bizarros, menos uno; todos nos buscaban para comunicar con nosotros, para conversar; menos uno. Nos traían provisiones que fueron repartidas. A la hora del rancho, nos pusimos a devorar nuestra escasa pitanza, menos uno.

Tendría como unos cincuenta años, mas también podía haber tenido trescientos. Su mirada triste parecía penetrar hasta lo hondo de nuestras almas y decirnos cosas de siglos. Alguna vez que se le dirigía la palabra, casi no contestaba; sonreía melancólicamente, se aislaba, buscaba la soledad; miraba hacia lo hondo del horizonte, por el lado del mar.

Era el abanderado. ¿Cómo le llamaban? No oí su nombre nunca.

El capellán me dijo, dos días después:

—Creo que no nos darán la orden de partir todavía. La gente se desespera de deseos de pelear. Tenemos algunos enfermos. Por fin, ¿cuándo veríamos llenarse de gloria nuestra pobre y santa bandera? A propósito, ¿ha visto usted al abanderado? Se desvive por socorrer a los enfermos. Él no come; lleva lo suyo a los otros. He hablado con él. Es un hombre milagroso y extraño. Parece bravo y nobilísimo de corazón. Me ha hablado de sueños irrealizables. Cree que dentro de poco estaremos en Washington y que se izará nuestra bandera en el Capitolio, como

37

lo dijo el obispo en su brindis. Le han apenado las últimas desgracias; pero confía en algo desconocido que nos ha de amparar; confía en Santiago; en la nobleza de nuestra raza, en la justicia de nuestra causa. ¿Sabe usted? Los otros le hacen burlas; se ríen de él. Dicen que debajo del uniforme usa una coraza vieja. Él no les hace caso. Conversando conmigo, suspiraba profundamente, miraba el cielo y el mar. Es un buen hombre en el fondo; paisano mío, manchego. Cree en Dios y es religioso. También algo poeta. Dicen que por la noche rima redondillas, se las recita solo, en voz baja. Tiene a su bandera un culto casi supersticioso. Se asegura que pasa las noches en vela; por lo menos, nadie le ha visto dormir. ¿Me confesará usted que el abanderado es un hombre original?

—Señor capellán, le dije, he observado ciertamente algo muy original en ese sujeto, que creo por otra parte, haber visto no sé dónde. ¿Cómo se llama?:

—No lo sé, contestóme el sacerdote. No se me ha ocurrido ver su nombre en el registro, pero en su mochila hay marcadas dos letras: «D. Q.».

A un paso del punto en donde acampábamos había un abismo. Más allá de la boca rocallosa, sólo se veía sombra. Una piedra arrojada rebotaba, y no se sentía caer.

Era un bello día. El sol caldeaba tropicalmente la atmósfera. Habíamos recibido orden de alistarnos para marchar, y probablemente ese mismo día tendríamos el primer encuentro con las tropas yanquis. En todos los rostros, dorados por el fuego furioso de aquel cielo candente, brillaba el deseo de la sangre y de la victoria. Todo estaba listo para la partida, el clarín había trazado en el aire su signo de oro. Íbamos a caminar, cuando, un oficial a todo galope, apareció por un recodo. Llamó a nuestro jefe, y habló con él misteriosamente.

¿Cómo os diré lo que fue aquello? ¿Jamás habéis sido aplastados por la cúpula de un templo que haya elevado vuestra esperanza? ¿Jamás habéis padecido viendo que asesinan delante de vosotros a vuestra madre?... Aquélla fue la más horrible desolación. Era «la noticia». Estábamos perdidos, perdidos sin remedio. No lucharíamos más. Debíamos entregarnos, como prisioneros, como vencidos. Cervera estaba en el poder del yanqui. La escuadra se la había tragado el mar, la habían despedazado los cañones de Norte América. No quedaba ya nada de España en el mundo que ella descubriera.

Debíamos dar al enemigo vencedor las armas, todo; y el enemigo apareció, en la forma de un gran diablo rubio, de cabellos lacios, barba de chivo, oficial de los Estados Unidos, seguido de una escolta de cazadores de ojos azules.

Y la horrible escena comenzó. Las espadas se entregaron; los fusiles también... Unos soldados juraban; otros palidecían, con los ojos húmedos de lágrimas, estallando de indignación y de vergüenza.

Y la bandera...

Cuando llegó el momento de la bandera, se vio una cosa que puso en todos el espanto glorioso de una inesperada maravilla. Aquel hombre extraño, que miraba tan profundamente con una mirada de siglos, con su bandera amarilla y roja, dándonos una mirada de la más amarga despedida, sin que nadie se atreviese a tocarle, fuese paso a paso al abismo y se arrojó en él. Todavía de lo negro del precipicio, devolvieron las rocas un ruido metálico, como el de una armadura.

El señor capellán cavilaba tiempo después:

—«D. Q.»...

De pronto creí aclarar el enigma. Aquella fisonomía, ciertamente, no me era desconocida.

—D. Q., le dije, está retratado en este viejo libro. Escuchad: «Frisaba la edad de nuestro hidalgo por los cincuenta años: era de complexión recia, seco de carnes, enjuto de rostro, gran madrugador y amigo de la caza. Quiero decir que tenía el sobrenombre de Quijada o Quesada, que en esto hay alguna diferencia en los autores que de este caso escriben; aunque por conjeturas verosímiles se deja entender que se llamaba Quijano».

Era el abanderado. ¿Cómo lo llamaban?

La larva

Como se hablase de Benvenuto Cellini y alguien sonriera de la afirmación que hace el gran artífice en su *Vida,*
de haber visto una vez una salamandra, Isaac Codomano
dijo:

—No sonriáis. Yo os juro que he visto, como os estoy
viendo a vosotros, si no una salamandra, una larva o una
ampusa.

Os contaré el caso en pocas palabras.

Yo nací en un país en donde, como en casi toda América, se practicaba la hechicería y los brujos se comunicaban con lo invisible. Lo misterioso autóctono no desapareció con la llegada de los conquistadores. Antes bien, en
la colonia aumentó, con el catolicismo, el uso de evocar
las fuerzas extrañas, el demonismo, el mal de ojo. En la
ciudad en que pasé mis primeros años se hablaba, lo recuerdo bien, como de cosa usual, de apariciones diabólicas, de fantasmas y de duendes. En una familia pobre,
que habitaba en la vecindad de mi casa, ocurrió, por
ejemplo, que el espectro de un coronel peninsular se apareció a un joven y le reveló un tesoro enterrado en el patio. El joven murió de la visita extraordinaria, pero la familia quedó rica, como lo son hoy mismo los descendientes. Aparecióse un obispo a otro obispo, para indicarle un

lugar en que se encontraba un documento perdido en los archivos de la catedral. El diablo se llevó a una mujer por una ventana, en cierta casa que tengo bien presente. Mi abuela me aseguró la existencia nocturna y pavorosa de un fraile sin cabeza y de una mano peluda y enorme que se aparecía sola, como una infernal araña. Todo eso lo aprendí de oídas, de niño. Pero lo que yo vi, lo que yo palpé, fue a los quince años; lo que yo vi y palpé del mundo de las sombras y de los arcanos tenebrosos.

En aquella ciudad, semejante a ciertas ciudades españolas de provincia, cerraban todos los vecinos las puertas a las ocho, y a más tardar, a las nueve de la noche. Las calles quedaban solitarias y silenciosas. No se oía más ruido que el de las lechuzas anidadas en los aleros, o el ladrido de los perros en la lejanía de los alrededores.

Quien saliese en busca de un médico, de un sacerdote, o para otra urgencia nocturna, tenía que ir por las calles mal empedradas y llenas de baches, alumbrado apenas por los faroles de petróleo que daban su luz escasa colocados en sendos postes.

Algunas veces se oían ecos de músicas o de cantos. Eran las serenatas a la manera española, las arias y romanzas que decían, acompañadas con la guitarra, las ternezas románticas del novio a la novia. Esto variaba desde la guitarra sola y el novio cantor, de pocos posibles, hasta el cuarteto, septuor, y aun orquesta completa y un piano, que tal o cual señorete adinerado hacía sonar bajo las ventanas de la dama de sus deseos.

Yo tenía quince años, una ansia grande de vida y de mundo. Y una de las cosas que más ambicionaba era poder salir a la calle, e ir con la gente de una de esas serenatas. Pero ¿cómo hacerlo?

La tía abuela que cuidó de mi niñez, una vez rezado el

rosario, tenía cuidado de recorrer toda la casa, cerrar bien todas las puertas, llevarse las llaves y dejarme bien acostado bajo el pabellón de mi cama. Mas un día supe que por la noche habría una serenata. Más aún: uno de mis amigos, tan joven como yo, asistiría a la fiesta, cuyos encantos me pintaba con las más tentadoras palabras. Todas las horas que precedieron a la noche las pasé inquieto, no sin pensar y preparar mi plan de evasión. Así, cuando se fueron las visitas de mi tía abuela —entre ellas un cura y dos licenciados— que llegaban a conversar de política o a jugar al tute o al tresillo, y una vez rezadas las oraciones y todo el mundo acostado, no pensé sino en poner en práctica mi proyecto de robar una llave a la venerable señora.

Pasadas como tres horas, ello me costó poco pues sabía en dónde dejaba las llaves, y además, dormía como un bienaventurado. Dueño de la que buscaba, y sabiendo a qué puerta correspondía, logré salir a la calle, en momentos en que, a lo lejos, comenzaban a oírse los acordes de violines, flautas y violoncelos. Me consideré un hombre. Guiado por la melodía, llegué pronto al punto donde se daba la serenata. Mientras los músicos tocaban, los concurrentes tomaban cerveza y licores. Luego, un sastre, que hacía de tenorio, entonó primero *A la luz de la pálida luna,* y luego *Recuerdas cuando la aurora...* Entro en tantos detalles para que veáis cómo se me ha quedado fijo en la memoria cuanto ocurrió esa noche para mí extraordinaria. De las ventanas de aquella Dulcinea, se resolvió ir a las de otra. Pasamos por la plaza de la Catedral. Y entonces... He dicho que tenía quince años, era en el trópico, en mí despertaban imperiosas todas las ansias de la adolescencia... Y en la prisión de mi casa, de donde no salía sino para ir la colegio, y con aquella vigilancia, y con aquellas costumbres primitivas... Ignoraba, pues, todos los misterios. Así, ¡cuál no sería mi gozo cuando, al pasar por la plaza de la Catedral, tras la serenata, vi, sentada en una acera, arropada en su rebozo, como entregada al sueño, a una mujer! Me detuve.

¿Joven? ¿Vieja? ¿Mendiga? ¿Loca? ¡Qué me importaba! Yo iba en busca de la soñada revelación, de la aventura anhelada.

Los de la serenata se alejaban.

La claridad de los faroles de la plaza llegaba escasamente. Me acerqué. Hablé; no diré que con palabras dulces, mas con palabras ardientes y urgidas. Como no obtuviese respuesta, me incliné y toqué la espalda de aquella mujer que no quería contestarme y hacía lo posible por que no viese su rostro. Fui insinuante y altivo. Y cuando ya creía lograda la victoria, aquella figura se volvió hacia mí, descubrió su cara, y ¡oh espanto de los espantos! aquella cara estaba viscosa y deshecha; un ojo colgaba sobre la mejilla huesona y saniosa; llegó a mí como un relente de putrefacción. De la boca horrible salió como una risa ronca; y luego aquella «cosa», haciendo la más macabra de las muecas, produjo un ruido que se podría indicar así:

—¡Kgggggg!...

Con el cabello erizado, di un gran salto, lancé un gran grito. Llamé.

Cuando llegaron algunos de la serenata, la «cosa» había desaparecido.

Os doy mi palabra de honor, concluyó Isaac Codomano, que lo que os he contado es completamente cierto.

Cuento de Pascuas

Una noche deliciosa, en verdad... El *réveillon* en ese hotel lujoso y elegante, donde tanta belleza y fealdad cosmopolita se junta, en la competencia de las libras, los dólares, los rublos, los pesos y los francos. Y con la alegría del champagne y la visión de blancores rosados, de brillos, de gemas. La música luego, discreta, a lo lejos...

No recuerdo bien quién fue el que me condujo a aquel grupo de damas, donde florecían la yanqui, la italiana, la argentina... Y mi asombro encantado ante aquella otra seductora y extraña mujer, que llevaba al cuello, por todo adorno, un estrecho galón rojo... Luego, un diplomático que llevaba un nombre ilustre me presentó al joven alemán polígloto, fino, de un admirable don de palabra, que iba, de belleza en belleza, diciendo las cosas agradables y ligeras que placen a las mundanas.

—M. Wolfhart —me había dicho el ministro—. Un hombre amenísimo.

Conversé largo rato con el alemán, que se empeñó que hablásemos en castellano y, por cierto, jamás he encontrado un extranjero de su nacionalidad que lo hablase tan bien. Me refirió algo de sus viajes por España y la América del Sur. Me habló de amigos comunes y de sus aficiones ocultistas. En Buenos Aires había tratado a un

45

gran poeta y a mi antiguo compañero, en una oficina pública, el excelente amigo Patricio...[1]. En Madrid... Al poco rato teníamos las más cordiales relaciones. En la atmósfera de elegancia del hotel llamó mi atención la señora que apareció un poco tarde, y cuyo aspecto evocaba en mí algo de regio y de elegante a la vez. Como yo hiciese notar a mi interlocutor mi admiración y mi entusiasmo, Wolfhart me dijo por lo bajo, sonriendo de cierto modo:

—¡Fíjese usted! ¡Una cabeza histórica! ¡una cabeza histórica!

Me fijé bien. Aquella mujer tenía por el perfil, por el peinado, si no con la exageración de la época, muy semejante a las *coiffures à la Cléopâtre,* por el aire, por la manera y, sobre todo, después que me intrigara tanto *un galón rojo que llevaba por único adorno en el cuello,* tenía, digo, un parecido tan exacto con los retratos de la reina María Antonieta, que por largo rato permanecí contemplándola en silencio. ¿En realidad, era una cabeza histórica? Y tan histórica por la vecindad... A dos pasos de allí, en la plaza de la Concordia... Sí, aquella cabeza que se peinara *a la circasiana, à la Belle-Poule, al casco inglés, al gorro de candor, à la queue en flambeau d'amour, à la chien couchant, à la Diane,* a la tantas cosas más, aquella cabeza...

Se sentó la dama a un extremo del hall, y la única persona con quien hablara fue Wolfhart, y hablaron, según me pareció, en alemán. Los vinos habían puesto en mi imaginación su movimiento de brumas de oro, y alrededor de la figura de encanto y de misterio hice brotar un

---

[1] Referencia al poeta argentino Leopoldo Lugones y a Patricio Piñeiro Sorondo, ambos amigos de Darío y con quienes éste compartía su interés en asuntos de teosofía y ocultismo.

vuelo de suposiciones exquisitas. La orquesta, con las oportunidades de la casualidad, tocaba una pavana. Cabelleras empolvadas, moscas asesinas, trianones de realizados ensueños, galantería pomposa y libertinaje encintado de poesía, tantas imágenes adorables, tanta gracia sutil o pimentada, de página de memoria, de anécdotas, de correspondencia, de panfleto... Me venían al recuerdo versos de los más lindos escritos con tales temas, versos de Montesquiou-Fezensac, de Régnier, los preciosos poemas italianos de Lucini... Y con la fantasía dispuesta, los cuentos milagrosos, las materializaciones estudiadas por los sabios de los libros arcanos, las posibilidades de la ciencia, que no son sino las concesiones a un enigma cada día más hondo, a pesar de todo... La fácil excitabilidad de mi cerebro estuvo pronto en acción. Y, cuando después de salir de mis cogitaciones, pregunté al alemán el nombre de aquella dama, y él me embrolló la respuesta, repitiendo tan sólo lo de lo histórico de la cabeza, no quedé ciertamente satisfecho. No creí correcto insistir; pero, como siguiendo en la charla yo felicitase a mi flamante amigo por haber en Alemania tan admirables ejemplares de hermosura, me dijo vagamente:

—No es de Alemania. Es de Austria.

Era una belleza *austriaca*... Y yo buscaba la distinta semejanza de detalle con los retratos de Kurcharsky, de Riotti, de Boizot, y hasta con las figuras de cera de los sótanos del museo Grevin...

—Es temprano aún —me dijo Wolfhart, al dejarle en la puerta del hotel en que habitaba—. Pase usted un momento, charlaremos algo más antes de mi partida. Mañana me voy de París, y quién sabe cuándo nos volveremos a encontrar. Entre usted. Tomaremos, a la inglesa, un *whisky-and-soda* y le mostraré algo interesante.

Subimos a su cuarto por el ascensor. Un *valet* nos hizo llevar el bebedizo británico, y el alemán sacó un cartapacio lleno de viejos papeles. Había allí un retrato antiguo, grabado en madera.

—He aquí —me dijo—, el retrato de un antecesor mío, Teobald Wolfhart, profesor de la Universidad de Heidelberg. Este abuelo mío fue posiblemente un poco brujo, pero de cierto, bastante sabio. Rehízo la obra de Julius Obsequens sobre los prodigios, impresa por Aldo Manucio, y publicó un libro famoso, el *Prodigiorum ac ostentorum chronicon,* un infolio editado en Basilea, en 1557. Mi antepasado no lo publicó con su nombre, sino bajo el seudónimo de Conrad Lycosthenes. Theobald Wolfhart era un filósofo sano de corazón, que, a mi entender, practicaba la magia blanca. Su tiempo fue terrible, lleno de crímenes y desastres. Aquel moralista empleó la revelación para combatir las crueldades y perfidias, y expuso a las gentes, con ejemplos extraordinarios, cómo se manifiestan las amenazas de lo invisible por medio de signos de espanto y de incomprensibles fenómenos. Un ejemplo será la aparición del cometa de 1557, que no duró sino un cuarto de hora, y que anunció sucesos terribles. Signos en el cielo, desgracias en la tierra. Mi abuelo habla de ese cometa que él vio en su infancia y que era enorme, de un color sangriento, que en su extremidad se tornaba del color del azafrán. Vea usted esta estampa que lo representa, y su explicación por Lycosthenes. Vea usted los prodigios que vieron sus ojos. Arriba hay un brazo armado de una colosal espada amenazante, tres estrellas brillan en la extremidad, pero la que está en la punta es la mayor y más resplandeciente. A los lados hay espadas y puñales, todo entre un círculo de nubes, y entre esas armas hay unas cuantas cabezas de hombres. Más tarde escribía sobre tales fantásticas maravillas Simon Goulard, refiriéndose al cometa: «Le regard d'icelle donna telle frayeur a plusieurs qu'aucuns en moururent; autres tombèrent malades». Y Petrus Greusserus, discípulo de Lichtenberg —el astrólogo— dice un autor, que, habiendo sometido el fenómeno terrible a las reglas de su arte sacó las consecuencias naturales, y tales fueron los pronósticos, que los espíritus más juiciosos padecieron perturbación durante más de medio siglo. Si Lycosthenes señala los desastres de Hungría y de Roma, Simon Goulard habla de las terribles asolaciones de los turcos en tierra húngara, el hambre en Suabia, Lombardía y Venecia, la guerra en Suiza, el sitio de Viena de Austria, sequía en Inglaterra, desborde del océano en Holanda y Zelanda y un terremoto que duró ocho días en Portugal. Lycosthenes sabía muchas cosas maravillosas. Los peregrinos que retornaban de Oriente contaban visiones celestes. ¿No se vio en 1480 un cometa en Arabia, de apariencia amenazante y con los atributos del Tiempo y de la Muerte? A los fatales presagios sucedieron las devastaciones de Corintia, la guerra en Polonia. Se aliaron Ladislao y Matías el Huniada. Vea usted este rasgo de un comentador: «Las nubes tienen sus flotas como el aire sus ejércitos»; pero Lycosthenes, que vivía en el centro de Alemania, no se asienta sobre tal hecho. Dice que en el año 114 de nuestra era, simulacros de navíos se vieron entre las nubes. San Agobardo, obispo de Lyon, está más informado. Él sabe a maravilla a qué región fantástica se dirigen esas ligeras naves. Van al país de Magonia, y sólo por reserva el santo prelado no dice su itinerario. Esos barcos iban dirigidos por los hechiceros llamados *tempestarii*. Mucho más podría referirle, pero vamos a lo principal. Mi antecesor llegó a descubrir que el cielo y toda la atmósfera que nos envuelve están siempre llenos de esas visiones misteriosas, y con ayuda de un su amigo alquimista llegó a fabricar un elixir que permite percibir de ordinario lo que únicamente por excepción se presenta a la mirada de los hombres. Yo he encontrado ese secreto —concluyó Wolfhart—, y aquí, agregó sonriendo, tiene usted el milagro en estas pastillas comprimidas. ¿Un poquito más de whisky?

No había duda de que el alemán era hombre de buen humor y aficionado, no solamente al alcohol inglés, sino a todos los paraísos artificiales. Así me parecía ver en la caja de pastillas que me mostraba, algún compuesto de opio o de cáñamo indiano.

—Gracias —le dije—, no he probado nunca, ni quiero probar el influjo de la *droga sagrada*. Ni haschís, ni el veneno de Quincey...

—Ni una cosa, ni otra. Es algo vigorizante, admirable hasta para los menos nerviosos.

Ante la insistencia y con el último sorbo de whisky, tomé la pastilla, y me despedí. Ya en la calle, aunque hacía frío, noté que circulaba por mis venas un calor agradable. Y olvidando la pastilla, pensé en el efecto de las repetidas libaciones. Al llegar a la plaza de la Concordia, por el lado de los Campos Elíseos, noté que no lejos de mí caminaba una mujer. Me acerqué un tanto a ella y me asombré al verla a aquellas horas, a pie y soberbiamente trajeada, sobre todo cuando a la luz de un reverbero vi su gran hermosura y reconocí en ella a la dama cuyo aspecto me intrigase en el *réveillon*: la que tenía por todo adorno en el cuello blanquísimo un fino galón rojo, rojo como una herida. Oí un lejano reloj dar unas horas. Oí la trom-

pa de un automóvil. Me sentía como poseído de extraña
embriaguez. Y, apartando de mí toda idea de suceso sobrenatural, avancé hacia la dama que había pasado ya el
obelisco y se dirigía del lado de las Tullerías.

—Madame —le dije—, madame...

Había comenzado a caer como una vaga bruma, llena
de humedad y de frío, y el fulgor de las luces de la plaza
aparecía como diluido y fantasmal. La dama me miró al
llegar a un punto de la plaza; de pronto, me apareció
como el escenario de un cinematógrafo. Había como
apariencias de muchas gentes en un ambiente como el de
los sueños, y yo no sabía decir la manera con que me sentí como en una existencia a un propio tiempo real y cere-
bral... Alcé los ojos y vi en el fondo opaco del cielo las
mismas figuras que en la estampa del libro de Lycosthenes, el brazo enorme, la espada enorme, rodeados de cabezas. La dama, que me había mirado, tenía un aspecto
tristemente fatídico, y, cual por la obra de un ensalmo,
había cambiado de vestiduras, y estaba con una especie
de fichú cuyas largas puntas le caían por delante; en su
cabeza ya no había el peinado *à la Cléopâtre,* sino una
pobre cofia bajo cuyos bordes se veían los cabellos em-
blanquecidos. Y luego, cuando iba a acercarme más, per-
cibí a un lado como una carreta, y unas desdibujadas figuras de hombres con tricornios y espadas y otras con pi-
cas. A otro lado un hombre a caballo, y luego una especie
de tablado... ¡Oh, Dios, naturalmente! : he aquí la repro-
ducción de lo *ya visto...* ¿En mí hay reflexión aun en este
instante? Sí, pero siento que lo invisible, entonces visible,
me rodea. Sí, es la guillotina. Y, tal en las pesadillas,
como si sucediese, veo desarrollarse —¿he hablado ya de
cinematógrafo?— la tragedia... Aunque por no sé cuál
motivo no puedo darme cuenta de los detalles, vi que la

dama me miró de nuevo, y bajo el fulgor color de azafrán que brotaba de la visión celeste y profética, brazo, espadas, nubes y cabezas, vi cómo caía, bajo el hacha mecánica, la cabeza de aquella que poco antes, en el salón del hotel, me admirara con su encanto galante y real, con su aire soberbio, con su cuello muy blanco, adornado con un único galón color de sangre.

¿Cuánto tiempo duró aquel misterioso espectáculo? No lo sabría decir, puesto que ello fue bajo el imperio desconocido en que la ciencia anda a tientas; el tiempo en que el ensueño no existe, y mil años, según observaciones experimentales, pueden pasar en un segundo. Todo aquello había desaparecido, y, dándome cuenta del lugar en donde me encontraba, avancé siempre hacia el lado de las Tullerías. Avancé y me vi entre el jardín, y no dejé de pensar rapidísimamente cómo era que las puertas estaban aún abiertas. Siempre bajo la bruma pálida de aquellas nocturnas horas, seguí adelante. Saldré, me dije, por la primera puerta del lado de la calle Rívoli, que quizás esté también abierta... ¿Cómo no ha de estar abierta?... ¿Pero era o no era aquel jardín el de las Tullerías? Árboles, árboles de obscuros ramajes en medio del invierno... Tropecé al dar un paso con algo semejante a una piedra, y me llené, en medio de mi casi inconsciencia, de una sorpresa pavorosa, cuando escuché un ¡ay! semejante a una queja, parecido a una palabra entrecortada y ahogada; una voz que salía de aquello que mi pie había herido, y que era, no una piedra, sino una cabeza. Y alzando hacia el cielo la mirada vi la faz de la luna en el lugar en que antes la espada formidable, y allí estaban las cabezas de la estampa de Lycosthenes. Y aquel jardín, que se extendía vasto cual una selva, me llenó del encanto grave que había en su recinto de prodigio. Y a través de velos de ahumado oro refulgía tristemente en lo alto la cabeza de la luna. Después me sentí como en una certeza de poema y de libro santo, y, como por un motivo incoherente, resonaban en la caja de mi cerebro las palabras: «¡Última hora! ¡Trípoli! ¡La toma de Pekín!» leídas en los diarios del día. Conforme con mis anhelos de lo divino, experimentando una inexpresable angustia, pensé: «¡Oh Dios! ¡Oh Señor! ¡Padre nuestro!»...

Volví la vista y vi a un lado, en una claridad dulce y dorada, una forma de lira, y sobre la lira una cabeza igual a la del Orfeo de Gustave Moreau, del Luxemburgo. La faz expresaba pesadumbre, y alrededor había como un movimiento de seres, de los que se llaman animados porque sus almas se manifiestan por el movimiento, y de los que se llaman inanimados porque su movimiento es íntimo y latente. Y oí que decía, según me ayuda mi recuerdo, aquella cabeza: «¡Vendrá, vendrá el día de la concordia, y la lira será entonces consagrada en la pacificación!». Y cerca de la cabeza de Orfeo vi una rosa milagrosa, y una hierba marina, y que iba avanzando hacia ellas una tortuga de oro.

Pero oí un gran grito al otro lado. Y el grito, como el de un coro, de muchas voces. Y a la luz que os he dicho, vi que quien gritaba era un árbol, uno de los árboles coposos, llenos de cabezas por frutos, y pensé que era el árbol de que habla el libro sagrado de los musulmanes. Oí palabras en loor de la grandeza y omnipotencia de Alá. Y bajo el árbol había sangre.

Haciendo un esfuerzo, quise ya no avanzar, sino retroceder a la salida del jardín, y vi que por todas partes salían murmullos, voces, palabras de innumerables cabezas que se destacaban en la sombra como aureoladas, o que surgían entre los troncos de los árboles. Como acontece en los instantes dolorosos de algunas pesadillas, pensé que todo lo que me pasaba era un sueño, para disminuir un tanto mi pavor. Y en tanto, pude *reconocer* una temerosa y abominable cabeza asida por la mano blanca de un héroe, asida de su movible e infernal toisón de serpientes: la tantas veces maldecida cabeza de Medusa. Y de un brazo, como de carne de oro de mujer, pendía otra cabeza, una cabeza con barba ensortijada y oscura, y era la cabeza del guerrero Holofernes. Y la cabeza de Juan el Bautista; y luego, como viva, de una vida singular, la cabeza del Apóstol que en Roma hiciera brotar el agua de la tierra; y otra cabeza que Rodrigo Díaz de Vivar arrojó, en la cena de la venganza, sobre la mesa de su padre.

Y otras que eran las del rey Carlos de Inglaterra y la de la reina María Estuardo... Y las cabezas aumentaban, en grupos, en amontonamientos macabros, y por el espacio pasaban relentes de sangre y de sepulcro; y eran las cabezas hirsutas de los dos mil halconeros de Bayaceto; y las de las odaliscas degolladas en los palacios de los reyes y potentados asiáticos; y las de los innumerables decapitados por su fe, por el odio, por la ley de los hombres; las de los decapitados de las hordas bárbaras, de las prisiones y de las torres reales, las de los Gengiskanes, Abdulhamides y Behanzines...

Dije para mí: ¡Oh, mal triunfante! ¿Siempre seguirás sobre la faz de la tierra? ¿Y tú, París, cabeza del mundo, serás también cortada con hacha, arrancada de tu cuerpo inmenso?

Cuan si hubiesen sido escuchadas mis interiores palabras, de un grupo en que se veía la cabeza de Luis XVI, la cabeza de la princesa de Lamballe, cabezas de nobles y cabezas de revolucionarios, cabezas de santos y cabezas de asesinos, avanzó una figura episcopal que llevaba en sus manos su cabeza, y la cabeza del mártir Dionisio, el de las Galias, exclamó:

—¡En verdad os digo, que Cristo ha de resucitar!

Y al lado del apostólico decapitado vi a la dama del hall del hotel, a la dama austriaca con el cuello desnudo; pero en el cual se veía, como un galón rojo, una herida purpúrea, y María Antonieta dijo:

—¡Cristo ha de resucitar!

Y la cabeza de Orfeo, la cabeza de Medusa, la cabeza de Holofernes, la cabeza de Juan y la de Pablo, el árbol de cabezas, el bosque de cabezas, la muchedumbre fabulosa de cabezas, en el hondo grito, clamó:

—¡Cristo ha de resucitar! ¡Cristo ha de resucitar!...

—Nunca es bueno dormir inmediatamente después de comer —concluyó mi buen amigo el doctor.

Huitzilopoxtli
Leyenda mexicana

Tuve que ir, hace poco tiempo, en una comisión periodística, de una ciudad frontera de los Estados Unidos, a un punto mexicano en que había un destacamento de Carranza. Allí se me dio una recomendación y un salvoconducto para penetrar en la parte de territorio dependiente de Pancho Villa, el guerrillero y caudillo militar formidable. Yo tenía que ver un amigo, teniente en las milicias revolucionarias, el cual me había ofrecido datos para mis informaciones, asegurándome que nada tendría que temer durante mi permanencia en su campo.

Hice el viaje, en automóvil, hasta un poco más allá de la línea fronteriza en compañía de míster John Perhaps, médico, y también hombre de periodismo, al servicio de diarios yanquis, y del Coronel Reguera, o mejor dicho, el Padre Reguera, uno de los hombres más raros y terribles que haya conocido en mi vida. El Padre Reguera es un antiguo fraile que, joven en tiempo de Maximiliano, imperialista, naturalmente, cambió en el tiempo de Porfirio Díaz de Emperador sin cambiar en nada de lo demás. Es un viejo fraile vasco que cree en que todo está dispuesto por la resolución divina. Sobre todo, el derecho divino del mando es para él indiscutible.

—Porfirio dominó —decía— porque Dios lo quiso. Porque así debía ser.

—¡No diga macanas! —contestaba míster Perhaps, que había estado en la Argentina.

—Pero a Porfirio le faltó la comunicación con la Divinidad... ¡Al que no respeta el misterio se lo lleva el diablo! Y Porfirio nos hizo andar sin sotana por las calles. En cambio Madero...

Aquí en México, sobre todo, se vive en un suelo que está repleto de misterio. Todos esos indios que hay no respiran otra cosa. Y el destino de la nación mexicana está todavía en poder de las primitivas divinidades de los aborígenes. En otras partes se dice: «Rascad... y aparecerá el...». Aquí no hay que rascar nada. El misterio azteca, o maya, vive en todo mexicano por mucha mezcla social que haya en su sangre, y esto en pocos.

—Coronel, ¡tome un whisky! —dijo míster Perhaps, tendiéndole su frasco de ruolz.

—Prefiero el comiteco —respondió el Padre Reguera, y me tendió un papel con sal, que sacó de un bolsón, y una cantimplora llena de licor mexicano.

Andando, andando, llegamos al extremo de un bosque, en donde oímos un grito: «¡Alto!». Nos detuvimos. No se podía pasar por ahí. Unos cuantos soldados indios, descalzos, con sus grandes sombrerones y sus rifles listos, nos detuvieron.

El Viejo Reguera parlamentó con el principal, quien conocía también al yanqui. Todo acabó bien. Tuvimos dos mulas y un caballejo para llegar al punto de nuestro destino. Hacía luna cuando seguimos la marcha. Fuimos paso a paso. De pronto exclamé dirigiéndome al viejo Reguera:

—Reguera, ¿cómo quiere que le llame, Coronel o Padre?

—¡Como la que lo parió! —bufó el apergaminado personaje.

—Lo digo —repuse— porque tengo que preguntarle sobre cosas que a mí me preocupan bastante.

Las dos mulas iban a un trotecito regular, y solamente míster Perhaps se detenía de cuando en cuando a arreglar la cincha de su caballo, aunque lo principal era el engullimiento de su whisky.

Dejé que pasara el yanqui adelante, y luego, acercando mi caballería a la del Padre Reguera, le dije:

—Usted es un hombre valiente, práctico y antiguo. A usted le respetan y lo quieren mucho todas estas indiadas. Dígame en confianza: ¿es cierto que todavía se suelen ver aquí cosas extraordinarias, como en tiempos de la conquista?

—¡Buen diablo se lo lleve a usted! ¿Tiene tabaco?

Le di un cigarro.

—Pues le diré a usted. Desde hace muchos años conozco a estos indios como a mí mismo, y vivo entre ellos como si fuese uno de ellos. Me vine aquí muy muchacho, desde en tiempo de Maximiliano. Ya era cura y sigo siendo cura, y moriré cura.

—¿Y...?

—No se meta en eso.

—Tiene usted razón, Padre; pero sí me permitirá que me interese en su extraña vida. ¿Cómo usted ha podido ser durante tantos años sacerdote, militar, hombre que tiene una leyenda, metido por tanto tiempo entre los indios, y por último aparecer en la Revolución con Madero? ¿No se había dicho que Porfirio le había ganado a usted?

El viejo Reguera soltó una gran carcajada.

—Mientras Porfirio tuvo a Dios, todo anduvo muy bien; y eso por doña Carmen...

—¿Cómo, padre?

—Pues así... Lo que hay es que los otros dioses...

—¿Cuáles, Padre?

—Los de la tierra...

—¿Pero usted cree en ellos?

—Calla, muchacho, y tómate otro comiteco.

—Invitemos —le dije— a míster Perhaps, que se ha ido ya muy delantero.

—¡Eh, Perhaps! ¡Perhaps!

No nos contestó el yanqui.

—Espere —le dije—, Padre Reguera; voy a ver si lo alcanzo.

—No vaya —me contestó mirando al fondo de la selva—. Tome su comiteco.

El alcohol azteca había puesto en mi sangre una actividad singular. A poco andar en silencio, me dijo el Padre:

—Si Madero no se hubiera dejado engañar...

—¿De los políticos?

—No, hijo; de los diablos...

—¿Cómo es eso?

—Usted sabe.

—Lo del espiritismo...

—Nada de eso. Lo que hay es que él logró ponerse en comunicación con los dioses viejos...

—¡Pero, padre...!

—Sí, muchacho, sí, y te lo digo porque, aunque yo diga misa, eso no me quita lo aprendido por todas esas regiones en tantos años... Y te advierto una cosa: con la cruz hemos hecho aquí muy poco, y por dentro y por fuera el alma y las formas de los primitivos ídolos nos vencen... Aquí no hubo suficientes cadenas cristianas para esclavizar a las divinidades de antes; y cada vez que han podido, y ahora sobre todo, esos diablos se muestran.

Mi mula dio un salto atrás, toda agitada y temblorosa, quise hacerla pasar y fue imposible.

—Quieto, quieto —me dijo Reguera.

Sacó su largo cuchillo y cortó de un árbol un varejón, y luego con él dio unos cuantos golpes en el suelo.

—No se asuste —me dijo—; es una cascabel.

Y vi entonces una gran víbora que quedaba muerta a lo largo del camino. Y cuando seguimos el viaje, oí una sorda risita del cura...

—No hemos vuelto a ver al yanqui —le dije.

—No se preocupe; ya le encontraremos alguna vez.

Seguimos adelante. Hubo que pasar a través de una gran arboleda tras la cual oíase el ruido del agua en una quebrada. A poco: «¡Alto!»

—¿Otra vez? —le dije a Reguera.

—Sí —me contestó—. Estamos en el sitio más delicado que ocupan las fuerzas revolucionarias. ¡Paciencia!

Un oficial con varios soldados se adelantaron. Reguera les habló y oí contestar al oficial:

—Imposible pasar más adelante. Habrá que quedar ahí hasta el amanecer.

Escogimos para reposar un escampado bajo un gran ahuehuete.

De más decir que yo no podía dormir. Yo había terminado mi tabaco y pedí a Reguera.

—Tengo —me dijo—, pero con mariguana.

Acepté, pero con miedo, pues conozco los efectos de esa yerba embrujadora, y me puse a fumar. En seguida el cura roncaba y yo no podía dormir.

Todo era silencio en la selva, pero silencio temeroso,

bajo la luz pálida de la luna. De pronto escuché a lo lejos como un quejido largo y aullante, que luego fue un coro de aullidos. Yo ya conocía esa siniestra música de las selvas salvajes: era el aullido de los coyotes.

Me incorporé cuando sentí que los clamores se iban acercando. No me sentía bien y me acordé de la mariguana del cura. Si sería eso...

Los aullidos aumentaban. Sin despertar al viejo Reguera, tomé mi revólver y me fui hacia el lado en donde estaba el peligro.

Caminé y me interné un tanto en la floresta, hasta que vi una especie de claridad que no era la de la luna, puesto que la claridad lunar, fuera del bosque, era blanca, y ésta, dentro, era dorada. Continué internándome hasta donde escuchaba como un vago rumor de voces humanas alternando de cuando en cuando con los aullidos de los coyotes.

Avancé hasta donde me fue posible. He aquí lo que vi: un enorme ídolo de piedra, que era ídolo y altar al mismo tiempo, se alzaba en esa claridad que apenas he indicado. Imposible detallar nada. Dos cabezas de serpiente, que eran como brazos o tentáculos del bloque, se juntaban en la parte superior, sobre una especie de inmensa testa descarnada, que tenía a su alrededor una ristra de manos cortadas, sobre un collar de perlas, y debajo de eso, vi, en vida de vida, un movimiento monstruoso. Pero ante todo observé unos cuantos indios, de los mismos que nos habían servido para el acarreo de nuestros equipajes, y que silenciosos y hieráticamente daban vueltas alrededor de aquel altar viviente.

Viviente, porque fijándome bien, y recordando mis lecturas especiales, me convencí de que aquello era un altar de Teoyaomiqui, la diosa mexicana de la muerte. En aquella piedra se agitaban serpientes vivas, y adquiría el espectáculo una actualidad espantable.

Me adelanté. Sin aullar, en un silencio fatal, llegó una tropa de coyotes y rodeó el altar misterioso. Noté que las serpientes, aglomeradas, se agitaban; y al pie del bloque ofídico, un cuerpo se movía, el cuerpo de un hombre. Míster Perhaps estaba allí.

Tras un tronco de árbol yo estaba en mi pavoroso silencio. Creí padecer una alucinación; pero lo que en realidad había era aquel gran círculo que forma[ba]n esos lobos de América, esos aullantes coyotes más fatídicos que los lobos de Europa.

Al día siguiente, cuando llegamos al campamento, hubo que llamar al médico para mí.

Pregunté por el Padre Reguera.

—El Coronel Reguera —me dijo la persona que estaba cerca de mí— está en este momento ocupado. Le faltan tres por fusilar.

Índice

Los relatos incluidos en el presente volumen están recogidos en *Cuentos fantásticos* de Rubén Darío, recopilación publicada con el número 646 en la colección «El Libro de Bolsillo» de Alianza Editorial.

Otras obras del autor en Alianza Editorial:

Poesía (LB 666)
El modernismo y otros ensayos (LB 1403)
Prosas profanas (LB 1568)